KB119464

주름, 펼치는

주름,
펼치는

시인수첩 시인선 **007**

김재홍 시집

00 문학수첩

나는 진실했는가

내가 보고 들은 것
내가 겪은 것에 나는
나를 바쳤는가

나는 누구인가

— 안연희 여사께 이 시집을 바친다

2부

3부

4부

1부

수색, 겹주름

겹겹이 쟁여진 육신을 끌고 가는 주름진 시간
꼬깃꼬깃 구겨진 위장과 십이지장과 식도를 위하여
유모차를 밀고 가는 노파의 접힌 허리를 짓누르는 저
녁

구부러진 몸 안에 접힌 몸이 비틀어져 있다
컴컴한 골목을 향해 머리 숙인 그의 아랫배는 지금
잘게 잘린 덩어리를 펼치고 두드리고 끓으면서
구불구불한 길을 따라 부글부글 끓고 있다

몸은 끓는 시간을 따라 한없이 접혀진다
접힌 그에게 펼쳐진 과거는 알 수 없고
수색마트를 빠져나온 두 여자와 개 한 마리는
주름으로 가득 찬 봉지를 따라 구부러져 간다

구부러진 노파 옆에서 접힌 그를 비켜 지나가는 두 여
자의 주름진 비닐봉지와 구부러진 개 한 마리는 그러므
로 전성설(前成說)에 미래가 없다는 관점을 확신하지 않

는다

주름진 세계의 내력을 위하여
주름의 주름을 위하여 전성설은 그러므로
너무 무겁지 않게
너무 가혹하지 않게
수색을 접고 되접고 비틀고 구부리면서 펼쳐진다

자유 혹은 발산하는

투수의 손을 떠나는 순간 공의 물리적 초기 값
이탈 시점의 근육 운동의 크기와 속도와 높이 각도
수치화할 수 있는 매개 변수를 추출해
방정식에 입력하면 그 공의 미래는 예측된다
좌표상의 아주 깔끔한 시각화도 가능하다
공의 궤적을 그리는 것은 언제나 수학적이다

그러나 공은 완봉승을 꿈꾸는 투철한 욕망 덩어리가
아니라
타자의 방망이를 부러뜨리거나 회피하겠다는 불굴의
의지가 아니라
임의의 수치로 표백된 추상이거나 기호거나 상징이거
나
예측할 수 없는 미래의 공포에 떨며 끊임없이 흔들리
는
스스로 매개 변수를 대체하며 시시각각 맞바람을 느
끼는
자신의 불확실한 자유에 체념하고 운명을 인정하는

외부적 관성이 아니라 자발적 운동을
기계적 분절이 아니라 연속적 자극을
계수적 희망이 아니라 우발적 사건을

순간과 순간의 격렬한 욕망을 향해
어금니를 깨물고 날아간 순연한 운명
자유 혹은 발산하는

함성, 솟구치는

우글거리는 웅성거리는 뒤섞인
출렁거리는 울렁거리는 심연에서
규칙적인 불규칙적인 뒤틀린
음들 음파들 의미를 향한 음표들

광장에서 골목에서
지하에서 지상에서 허공에서
표층에서 표층으로 심층에서 심층으로
상실에서 분노로 좌절에서 희망으로

솟구치는 파열음 우글거리는 밤
소리가 아닌 소리 의미가 아닌 의미 웅성거리는
뒤섞인 뒤틀린 뒤흔들리는 표면과 표면

너에 대한 너를 향한 너를 위한 너의 모든 순간을 지
우려는 외치는 소리치는 정당하게 당당하게 치솟는 밤의
함성들

솟아오르는 솟구치는 넘치는
경계를 넘는 경계가 사라진 경계를 만드는
음들 음파들 의미를 향한 음표들

심연에서 표면으로 배후에서 전면으로
함성, 솟구치는

그 개는 음악적이었다

아침부터 그 개는 주름을 펼쳐
육신을 담을 그릇과 그릇이 놓일 땅과 그릇을 씻을 물
과 함께 왔다

목장갑들의 섬세하고 깊은 주름
장방형의 닫힌 그물 꽉 찬 허기
메마른 허공의 쇳소리

그 개는 한 그릇의 햇빛과 바람과 나뭇잎과 함께
허공 속에서 울부짖었다

고개를 숙이는 순간의 욕망
고개를 드는 순간의 절망 앞에서

규칙성 다음의 특이성
직선 다음의 휘어진 쇠몽둥이를 만났다

그 순간 표면적의 최대화

가차 없는 매질의 격렬한 평면성과 끝을 알 수 없는 고
통의 심연까지
　나는 그 개의 화성학을
　비명의 불규칙적 멜로디가 아니라
　음표 바깥으로 솟구치는 수직의 공포를 보았다

　한 그릇의 허기와 육박해 들어가는 욕망과
　보이지 않는 맡을 수 없는 살의와 운명과 함께 왔다

　허기와 허기 사이
　아침부터 그 개는 음악적이었다

진동하는 시선

열기가 식지 않은 엔진룸 아래
사타구니를 핥고 있는 짐승을 바라보는
외부의 시선점은 빛난다

초점은 주둥이를 가린 머리통과 곧추세운 다리와 사
타구니 사이에서 진동하고 밤은 시점 바깥을 조금씩 지
우며 식어 간다

뒤집고 꺾고 비틀어진 몸은
헐벗은 영혼의 짧은 자유의 순간을
코끝으로 느껴지는 온기는
내부를 향하는 세포체의 운동을

짐승의 몸은 시선점 안쪽에서 겹쳐지고
외부를 차단한 어둠은 경계를 지우고 또 그린다

사타구니를 핥는 연속된 운동을 끊는 것은 언제나 다
른 동작이며 연속은 오직 동작으로만 대체된다

짐승은 사타구니 속에서
시선점은 어둠의 바깥에서

매족이라는 안주

단 하나를 만들기 위하여
칠천만 동포가 모두 같은 꿈을 꾼다고 치자

그게 싸구려 이념이 아니라
하나를 열망하는 하나주의의 필생 목표라 치자

오직 하나를 희망하며
또 다른 하나주의를 저주하는
하나주의까지 인정한다고 치자

그래서 말인데, 쩝~!
니가 그렇게 씹어 대는 매족은
타오르는 네 혓바닥으로는 절대
한입에 먹을 수 없는 거지만 그냥
하나주의자가 되면 안 될까?

시시콜콜 따지지 말고
하나를 위한 대역사의 끝물에 서서

딱 한 잔만 더 하면 안 될까?

진정한 하나주의자는
어떤 인간도 품을 수 있어야 하거든
묻지도 말고 따지지도 말고 정말
맹목적으로 하나를 선망해야 그게 진짜
하나주의자거든

단 하나를 위하여
다른 모든 것을 품어 버리는 거룩한 하나주의
그 장쾌한 대열에 너도 끼는 걸로 알겠어, 쩝~!

입이 헐어도 우리는
타는 혓바닥으로 단 하나를 꿈꾼다고 쳐야
그래야, 속이 시원하거든……

암벽, 헤엄치는

파도가 어느 순간 암벽이 되는 것처럼
한계치를 넘긴 속도는 배를 탄환으로 만든다

바위를 밀고 굴리고 내던지고 부수는 물길과
방파제와 도로와 자동차와 건물을
무너뜨리고 파헤치고 부수고 쓰러뜨리는 물결
임계 속도를 넘긴 모든 유체는 철벽이 된다

견고성을 향한 유체의 운동에
유체를 향한 속도가 상응한다

암벽 속을 헤엄치는 것들
주무르고 달래며 접고 펼치는 것들
사이로 틈으로 안으로 스며들며 유영하는 것들

속도를 견뎌 낸 혹은
욕망을 이겨 낸 것들의
살아 있는 견고한 놀이를 위하여

점은 구멍 뚫리고 선은 구부러지고 면은 구겨진다

암벽은 흘러내려 물결치고
물너울 타고 넘는 탄환을 따라
헤엄치는 것들의 쭈글쭈글한 겹쳐진 곡선
한없이 둥그런 물마루

무한, 생각하는

갈라져서 혹은 찢어져서
부서져서 무너져서 흩어져서 오는
혹은 올

가기를 바라는
혹은 갈

희망이 아니라 가능성을
가능성이 아니라 무수한 나를
내가 아니라 나 없는 나를

떠난 자리에 남은
빈자리가 아니라 빈
혹은 가득 찬
혹은 솟구치는 넘치는

고통은
보이지 않는 사라진

다른 불안이거나 불일치거나 불협화음이거나
보이지 않는 것을 보려는
바라거나 꿈꾸거나 기대는 것임을

통째 몰려오는
바위거나 절벽이거나 쇠붙이거나
회한이거나 눈물이거나 절망임을

나 없는 나를 향한 나의
알 수 없는 그것은 무한한
나의 무한임을

순간, 우발적인

소음 뒤에서 나를 보았다 버스는
나의 새벽만 태우고 소리치며 고갯마루를 넘었다

심장이나 폐에서 솟구치는 분노를
불확실한 슬픔 혹은 순간의 공포를 보았다

버스가 올 때까지 나는 나를 볼 수 없었다 혹은 LA와
파리와 타이베이와 오사카에서 혹은 어제와 그제와 내
일과 모레 사이에서 어둠에서 심연에서 나는 순간과 순
간을 잇는 순간을 보았다 눈부신

보는 나를 보는 나를 보는 순간은 짧았고
버스가 버스인 순간 또한 짧았다

순간은 언제나 우발적이고 영원 또한 우발적이다

흐르는 것

한겨울 옹벽을 뚫고
한 나무에서 한 나무로
한 마을에서 한 마을로
한 사람에게서 한 사람에게로

흐르는 것은
얼지 않거나 썩지 않는다는 표현 혹은
영원이라거나 섭리라거나 초월 넘어
거리낌 없이 길도 없이 아무것도 없이
흐른다

흐르는 것은 순간을 지우고
시간을 지우고 모든 흐름과
한꺼번에 일치하는 흐름으로
흐른다

그러므로 '흐르는 것이 물뿐이랴"라는 시구는
흐르는 것에 대한 갈망 혹은

물에 대한 비탄이다

흐르는 것은
흐르는 것 속으로 흘러간다
경계가 없는 경계 밖의 경계를 만드는
흘러 흐르는 흐름은 이 밤
영하 18도의 흐름으로 흐른다

* 정희성, 「저문 강에 삽을 씻고」 중에서

Greetings of Brussels

파비엔느의 메일은 그날 밤
경계 없는 경계를 지우며 왔다

회비 잘 받았다는 브뤼셀식 인사, 좀 딱딱한
PDF 파일 보시라는, 좀 사무적인

소파 위에서 경비원은 불을 켠 채 잠을 자고
늘어진 백발 그의 등은 창 넘어
빛과 세계의 젖은 땅을 비추고 있었다

코를 고는 경비원의 뒤통수를 감싸는 느린
혹은 파비엔느의 메마른 전개,
"Could you inform me that you have received the documents?"

가능할까요?
영수증을 받았다는 confirming?

회원용 아이디와 비밀번호를 보냈다는, 건조한
"Thanks."

조명과 육체 사이 흐린 소리
어두운 혹은 사라진 경계
틈 없는 틈에서 나는 소리
늙은 경비원이 돌아눕는 소파 옆에서
파비엔느의 보이지 않는 얼굴 술어가 사라진
알 수 없는 모호한 표상, 그러나

Sincerely,
Fabienne

주름, 펼치는

주름을 펼쳐 지구를 감싼다
지구 위 가득한 주름을 덮고
지구 속 한없는 주름을 덮고
나를 펼쳐 끝없는 나를 끌어안는다

주름 아래 그늘진 주름 아래 다시
주름을 펴는 힘으로 주름을 덮는
나를 펼치는 힘으로 나를 덮는
꿈을 꾼다

꿈을 믿기 위하여 꿈을 꾸지
꿈을 믿지 않기 위하여 꿈을 꾸지
나를 부정하기 위하여
나를 인정하지

주름이 주름 앞에서 솔직해질 때
주름이 주름을 만나 진실해질 때
참다운 구원은 천상에 있고

참다운 운명은 여기에 있다고

고백하는 나의 주름을 모두 펼쳐
주름 이전의 주름을 덮고
주름 다음의 주름을 덮고
주름 속의 주름 속의 주름을 끌어안는다

2부

유행의 근거

대학축전서곡은
그러니까 관악기와 현악기와 팀파니가
브람스라는 특별한 음재와 만나
대유행의 불편을 겪은 것인데

condensation 혹은 concentration
이 말 다음에 연결될 단어는 최소한
안티거나 디스여야 한다고 생각하면서
오늘 먹은 삼겹살과 와인과 콜라가
소주나 막걸리보다 훨씬 조화롭다고 느낀다

가령 히스 레저가 죽기 전
조커의 찢어진 입 때문에 세상을
저주했다고 생각할 수 없는 것처럼

아무개가 아무개에게 아무리 악감정을 가졌다손
천만 관객은 최소한 천만 가치의 보증임을
부정할 수는 없다

오마주의 대상이었다
졸지에 표절과 일탈의 성소가 되어 버린
랭보거나 엘리엇이거나 백석이거나
차라리 레닌이거나 게바라거나 유행은
'바람도 일지 않는 고요에 심히 흔들리우'*나니

욕망을 욕망하는
눈앞의 욕망에 한 표를 던지지
거기 뜨거운 입술에 몰표를 던지지

* 정지용,「장수산(長壽山) 1」중에서

맨도사는 말이야

우선 손님이 놀래지 않도록
의자를 살짝 젖혀 몸을 뉘는 기라
얼굴 살살 주무르는 기라
손바닥 온기와 크림의 질감으로 살을 고루 펴야 하는
기라

코 아래 하관을 처음엔
끝만 살짝 온기를 전한 뒤
댔다 뗐다 눌러 줘야 하는 기라
살을 불리고 뻣센 턱수염 다스려야 하는 기라

비누 거품 듬뿍 묻혀 이마와 볼과 콧등에 발라야지
솔질을 하되 한 방향으로 초벌 묻힌 뒤
반대로 다시 까끌까끌하니 문질러 줘야지

맨도사는 말이야
물기운이 살에 스며드는 새
날을 갈아 칼 숨을 깨워야 하는 기라

날 등으로 훑어 살을 깨워야 하는 기라

이마부터 눈썹까지 한 번에 밀어야 한다고
왼쪽 관자놀이부터 맞은편까지 한 번에 밀어야 한다고
왼쪽 광대뼈 쪽 깎은 다음 오른쪽 깎아야 한다고

오른손잡이는 왼쪽부터 날을 쓰는 기라
턱을 살살 왼손으로 달래며
왼쪽부터 깎는 기라
턱수염 밀고 콧수염 미는 기라
왼쪽 귀밑머리부터 깎는 기라
왼쪽 귓바퀴부터 깎는 기라
왼쪽 코털부터 깎는 기라

로션은 듬뿍 상쾌하도록
아래부터 위로 쓱쓱 문지르는 기라
머리카락 꾹꾹 누르며 문지르는 기라
뜨건 수건 적당히 식혀 뒷목 세차게 눌러 주는 기라

맨도사는 말이야
온몸을 늘였다 줄였다 데웠다 식혔다 눌렀다 뗐다
아예 푹 만져 줘야 하는 기라

조 실장

고통총량불변의법칙을 주장하는
그의 표정은 당당했다

꽃보직 법조 기자 박차고
회사 먹거리 찾는다며 나갔지만
사장 바뀌자 3년 만에 패잔병 되어 귀국한
영광은 짧고 고통은 길었다는

그는 지금
고통 총량은 불변이라며
고통의 기억을 행복의 시간에 맞추고 있다

밤마다 묏등에서 연애하던 이모
첫사랑과 오남매를 두고 사별한
그녀는 지금 봉화에서 고추 농사를 짓는다

사탕 두세 봉지 막걸리 한 통
천 원짜리 몇 장 들고 큰집을 찾던 곰보 삼촌

그는 간경화와 위장 천공으로 세상을 떠났다

아버지는 돌아가시고 어머니는 어디로 가신지 모른다
며
아직 어린 막내, 걔가 너무 보고 싶다는
김 감독은 '고난의 행군' 때 죽은 사람들
그들을 위해 영화를 찍는다고 했다

평생 겪을 고통의 총량은 정해져 있다고
그러니 대기만성이 정답이라고,

도처에 널린 고통의 표징을 깔고 앉아
이 미만한 고통의 속세를 살아가는 길은
오직 시간과의 사투뿐이라는

그의 희망총량무한의법칙 앞에서
오늘은 갈비를 뜯는다

금발

깃발을 들고 버스에서 내린
중국인들이 줄줄이 청와대로 걸어가는 사이
수십 대의 버스가 다시 관광객을 내린다
어깨를 껴안은 젊은 것들은
선글라스 끼고 커피를 마시며 가고
아주 가끔은 손을 잡은 초로들도 지나간다

형광 조끼를 입은 경찰 수백 명과
그들이 타고 온 수십 대의 버스가 도열한 사이
자전거를 탄 울긋불긋한 일단의 행렬이 달려가고
번호표를 단 수백 명은 쫄쫄이를 입고 뛰어간다

경복궁역 쪽 시위대는 아직 보이지 않고
자하문 터널을 향하여 뛰어간 마라톤 대열의 끝은
경기상고 어디쯤 지나고 있을 것이다

'세월호'가 침몰되고 1년 뒤 토요일,
벚꽃들이 봄비 한번에 와르르 무너진 다음

개나리들은 노란 입을 벌리고 있다

고등어와 어묵과 모두부와 무를 사들고
한 손엔 비닐봉투 한 손엔 담배를 든
한 중년 앞에서 갑자기
펑퍼짐한 금발이 길을 묻는다
"서울맹학교는 어디예요?"

1941년 말라야

1941년이었다.

말라야 해역에는 영국 전함 프린스 오브 웨일스와 순양함 리펄스가

토머스 필립스 중장(1888-1941)의 지휘 아래 선단을 구축하고 있었다.

4만 3,786톤의 프린스 오브 웨일스 함은 함령 1년도 안 된 신예로

14인치 포 10문에 최고 속도 28.3노트를 자랑하는 불침함이었다.

3만 2,200톤의 리펄스 함에다 엘렉트라, 뱀파이어 등 구축함 4척까지

불패의 거함주의자들은 12월 8일 오후 5시 10분 싱가포르 항을 떠났다.

영국은 일본의 해군 창설을 지원했을 뿐 아니라

청일전쟁과 러일전쟁에 투입됐던 주력함을 건조한 나라였고,

말라야 북방 타이 근해에 전개해 있던 곤고(金剛) 함도

빅커스 조선소에서 건조한 것이었다.

일본 연합함대 야마모토 사령관은 이때
36기의 신형 1식 육상 공격기만 증파했을 뿐이었다.
겐잔 항공대, 미호로 항공대, 가노야 항공대
이들은 미쓰비시중공업이 만든 육공기만을 갖고 있었
다.

12월 10일 오전, 필립스 제독의 거함 선단 Z부대는
사방에서 몰려오는 일본 육공기에 그대로 노출되었다.
어뢰와 폭탄으로 무장한 공격기들은
간당간당하는 연료에도 불구하고 필사적으로 접근했
고
프린스 오브 웨일스 함은 어뢰 1발을 맞고 치명상을
입었다.
그때까지 19발의 어뢰를 회피했던 리펄스 함도
양옆에서 공격해 오는 가노야 항공대의 어뢰에 피폭되
고 말았다.

1941년 12월 10일이었다.

영국 해군 Z부대는 거대한 주력함 2척을 잃어버렸고

일본 해군 항공대는 4대의 육공기를 수장시켰다.

필사적인 간청에도 필립스 제독은 '프린스 오브 웨일스'가 되었다.

'이제 인도양과 태평양에 우리 전투함은 없다'고 탄식한 처칠도 사라졌고,

야마모토 사령관도 도조 히데키도 사라졌다.

말라야에선 모든 게 사라졌다.

체체파리

보츠와나 원주민들은 '소를 죽이는 파리'라며 tsetse라고 부른다. 집파릿과에 속하며 사하라 사막 이남의 아프리카에 23종이 알려져 있다.

성충은 사람과 가축의 피를 빨아 각종 병원(病原)을 옮기는데, 특히 수면병을 전염시키는 경우가 많다.

유럽 제국으로부터 아프리카 내륙의 식민지화를 막는데 체체파리가 유도하는 수면병이 크게 기여했다는 주장도 있다.

샤라이 마웨르

영국 일간지 『데일리 텔레그래프』는 아프리카 짐바브웨 카리바 지역의 한 숲속에서 남자 친구와 성관계를 맺던 샤라이 마웨르라는 여성이 암사자 한 마리와 새끼 두 마리의 공격을 받은 끝에 사망했다고 보도했다.

사랑을 나누고 있던 남녀의 뒤에서 소리 없이 나타난 사자는 거대한 이빨로 순식간에 공격했으며, 맹렬한 기세로 여자를 물어뜯는 순간 죽기 살기로 도망친 알몸의 남자는 겨우 목숨을 구했다고 한다.

긴급 출동한 짐바브웨 경찰은 한 발의 총탄을 사자에게 쐈지만, 샤라이의 목과 위(胃)는 이미 심한 열상을 입었고, 그만 현장에서 절명했다고 한다.

오, OH~!

세이브는 3점차 이내 박빙의 리드를 지켜 낸 걸 뜻한다. 그러니까 한 방에 뒤집힐 수 있는 간당간당한 그날 경기를 악으로 깡으로 이겨 내야 얻는 영광이다.

세인트루이스 카디널스의 마이크 매시니 감독은 이런 상황이면 마운드에 올라 손으로 동그랗게 O 자를 그린다. 관중들까지 두 팔 뻗어 크게 O 자를 만들고 고함을 지르고 발을 구른다.

시즌 중반 클로저(closer)로 승격된 오승환은 오늘도 죽을힘을 다해 타자들을 막아 내고 하늘을 향해 오, OH~! 환호성을 치며 주먹을 내지르고 짐승처럼 포효했다.

야구 철학

필라델피아 필리스(Philadelphia Phillies)는 미국 프로야구 메이저리그 소속 야구팀으로 1883년 필라델피아 퀘이커스(Quakers)로 창단됐다. 필리스는 그냥 필라델피아에 사는 '필라델피아 사람'이란 뜻이다.

필리스는 130여 년 세월 동안 꼴찌 32번, 시즌 100패 14번, 전 세계 전미 전종목 최초 통산 1만 패를 기록했고 딱 두 번 우승했다. 스물일곱 번 우승한 뉴욕 양키스와는 물론 110년 늦게 창단된 마이애미 말린스가 두 번 우승한 것과 비교하면 만패델피아라 불릴 만하다.

"프랜차이즈 팀 선수들이라도 부진하면 가차 없이 야유를 쏟아 내는 필라델피아 팬들의 이면에는 이런 '설움의 역사'가 담겨 있다."는 윤은용 기자의 지적에도 불구하고 필리스는 미국 프로 스포츠 팀 가운데 같은 연고지 같은 리그 같은 지구에서 같은 이름을 가장 오래 쓰고 있는 끈질긴 구단이다.

Pillbox fedora

챙이 짧고 낮은 중절몬데
봉우리에 노란 줄을 세 개나 둘렀습니다
피츠버그 파이어리츠의 색으로
검은 바탕에 선명한 보색 디자인입니다

독립전쟁 때나 남북전쟁 때
그러니까 철모가 등장하기 이전 형식으로
Pillbox cap과 함께 죽임과 죽음과
분노와 전우애의 상징이죠

포연도 총성도 없는 야구장
100마일 강속구와 150미터 홈런 사이에
소리치며 들썩거리며 파도를 타는
PNC파크 2만 관중에게 그냥 줬습니다

'Pirates'는 승리의 메타포
'Pillbox'는 승리의 메소드
게임이 시작된 경기장 한판 흥을 돋우는 데

탁월한 효과가 있었죠

그 힘으로 오늘 세 개의 대포를 날렸고
펄펄 끓는 관중들과 괴성을 지르는 선수와
늙은 코칭스태프까지 한꺼번에 포효하며
장쾌한 역전승의 호사를 누린 겁니다

서번트 신드롬

　사회성이 떨어지고 의사소통 능력이 낮으며 반복적인 행동을 보이는 등 여러 가지 뇌 기능 상의 장애를 나타내지만 기억, 암산, 퍼즐이나 음악, 미술 등 특정 분야에서 탁월한 능력을 발휘하는 경우가 많다. 선천적인 경우가 대부분이나 뇌염이나 뇌 손상에 의한 후천적 경우도 있다.

　강도들에 맞서 가죽 재킷을 지켜낸 끝에 기절한 제이슨 패지트는 세계적으로 10여 건에 불과한 후천적 사례다. 그는 3.14159로 시작하는 무한대의 원주율(π) 값을 시각화해 그릴 수 있는 유일한 인간이며 작은 곡선이나 나선형 물건, 심지어 나무까지도 공식으로 표현할 수 있는 수학 천재다.

　어떤 병도 그저 병인 것만은 아니며, 천재란 무엇보다 목숨을 걸어야 될까 말까 하다는 특별한 사실을 패지트의 놀란 두정엽(頭頂葉, parietal lobe)은 오늘도 웅변하고 있다.

백 쌤

오늘 아침 아픈 허리를 한 손으로 받치고 옥상에 올라 그대 회사가 낸 신문을 한참 읽었음다.

'安全 눈높이 높아졌는데 출범도 못 하는 컨트롤 타워'를 헤드라인으로 뽑은 1면부터 '유라시아 無비자 시대 연다'와 '구타·물고문… 이런 군대 믿고 아들 보내겠나'는 걱정을 거쳐 '하마스는 땅 밑에… 주민만 죽어나가는 가자地區'까지 한 시간쯤 눅진한 바람 맞았음다.

가령 이 세상을 악마의 소굴이라고 칩시다. 304명이 죽거나 실종된 '세월호' 참사 배후에는 사이비 종교 집단 수괴 유병언이 있고, 땅굴에 숨어 로켓포나 쏘면서 지상의 인간 방패 1천7백여 명을 죽음으로 내몬 하마스가 있고, 26명이 죽고 290명이 크고 작게 다친 타이완 가오슝(高雄) 거리 지하에는 관(管)을 뚫고 나와 낱낱이 비수가 되길 열망한 물불 가리지 않는 가스가 있다고 칩시다.

악마란 일테면 사람을 죽이거나 다치게 하거나 사람

노릇 못 하게 하거나 사람에게 이로운 어떤 것도 부수고 무너뜨리고 없애 버리거나 사람 편인 생무생물에게 회복할 수 없는 폭력을 행사하는 모든 것이라 한다면, 세상은 확실히 악마의 소굴입니다.

하여 이 세상 악마의 소굴에서 악마와 함께 악마처럼 악마의 습성과 악마의 행동과 악마의 미래를 향해 살아가는 진짜 악마 가운데서 백 쌤과 저는 눈곱만큼이라도 덜 악마스러운, 터럭만큼이라도 사람에게 이로운 무슨 일을 한다고 칩시다.

그래서 이 아침 태풍이 올라오는 한반도의 허리쯤에서 그대의 후종인대 골화증과 목숨 건 한판 전투를 치르는 게 악마를 대하는 우리의 기본 소임임을, 그래서 우리가 이 세상 악마의 소굴을 한 치라도 사람에게 이로운 방향으로 이끌어 간다고 믿읍시다.

그런데 한 가지, 만물만사 악마로 단정하기에 이 세상

태풍 앞 너무 맑지 않슴까? 한 세상 이만하면 백 쌤이나
제게도 감사한 노릇 아님까?

사수도, 물질하는

추자도 최성열 씨는 처자식 떼 놓고
사수도 가서 며칠씩 해녀들과
전복 해삼 문어 소라를 잡아 올린다

털 많고 수염 뻣세지만 허물없이
늙은 누님들 수확 끌어 주고
힘찬 물질 날랜 칼질로 물회와 문어조림과 회무침까지
고된 해녀살이 맛으로 북돋아 준다

어머니 돌아가시자
여름이면 물고기 노는 거 보며 살다
해남(海男)이 된 그는 얼굴도 아랫배도 다리도
목소리랑 손발 짓까지 해녀가 되어
든든한 말동무 동업자가 되어 혼자 산다

물질로 벌어 처자식에게 보내고
물 좋은 추자도에 홀로 살지만
'사수도 지킴이의 집' 청소부와 수리공이 되어

늙은 누님들 모시는 탁월한 일꾼이다

"누님, 얼른 안 오심 이혼한다" 외치면
일흔 넘긴 추자 해녀들 최 씨 집에 모여
해삼 물회와 돌돔조림과 구이와 소라무침 먹고
이불 깔고 심드렁히 TV를 본다

시공이라는 시공이 있었지

시공이라고 있었지
지금 저기 Demitasse가 있는 것처럼
삐걱대며 울렁거리는 2층에 올라서면
여자 하나와 남자 하나가 서로 떨어져
그냥 몇 시간씩 앉아 있었지

'사랑이 지나가면' 혹은 '가로수 그늘 아래서'
라는 노래가 다섯 바퀴쯤 돌면 하늘은 어두워졌지
시커먼 커피를 시커멓다고 얘기하는 순간엔
민중주의자가 다른 민중주의자와 싸웠지

'고고의 성'이라고 하는 말,
하나의 분노가 또 다른 분노에 분노했지

허벅지 아래로 사람들이 지나가고
목에 스카프를 두른 여자와
외투 깃에 목을 파묻은 남자들이 엇갈려 걸어가는 사
이로

잠깐 전조등 불빛 스쳤지

시공이라는 시공에서 우리의 분노는
가끔은 노래로 아주 가끔은 주먹질로
누구를 향한달 것도 없이
누구를 위한달 것도 없이
삐걱거리는 시공을 삐걱거렸지

시공이라는 시공이 있었지

3부

성탄 인사 올립니다

사장님,
내일은 오늘보다 더 추울 거라고 합니다
마침 눈이 내려 저는 비틀거리며
엉금엉금 가파른 골목을 걷습니다
사장님께선 우리 방송이
어디에도 종속되거나 누구에게도 기대지 않고
당당하게 국민의 편에 서야 한다고 하셨죠
어제 저는 밤늦도록 술을 마시고
가방도 잃고 이도 잃고
저의 시간도 잃었습니다
사장님,
해석하려 하지 않고 계몽하려 하지 않고
사실 앞에 조신하되 굴신하지 않고
판단과 선택은 시청자에게 맡기고
그저 묵묵히 가면 되는 것 아닌가요
왜 그랬을까요
왜 그때는 그토록 질문보다 답변이 많았을까요
이 골목은 옆에 사람을 세울 수 없어 좋습니다

오늘 같이 추운 날이면 사장님,
왜 방송은 질문하거나
질문을 기록하면 안 되는가
왜 방송은 답변하려고만 하는가
생각은 가파른 골목을
흘러 흐릅니다
사장님께선 지금
앞도 옆도 캄캄 낭하에 서 계십니다
낭하에서 무얼 하고 계신가요
부디 질문자와 함께하면 좋겠습니다

부활절, 다음
—남궁찬 선배께

선배님, 유난히 조용한 주말 저녁입니다
부활의 뜻을 모르고 부활절을 보낸 다음
부암동 옥상에 선 마음은 절박하군요
여기서도 하늘은 여전히 높고
인왕산 기차바위 바라보는 눈은 어둡습니다
선배님께서 금요일 오후면 보내 주시는
교회력의 이정표들과 거룩한 역사들이
자꾸만 눈앞에서 벌어지는 오늘의 일이거나
바로 내일의 일이 되기를 바라는 날들입니다
한 통의 편지를 부치지 못한 지 오래입니다
무엇을 바라는 마음은 무엇을 향해 한없이 흔들립니
다
제가 지나온 시간이 더는
저 모란의 가지 끝에 매달려 있지 않기를
흰 달을 이고 고개 넘어 움막을 찾는 걸음으로
오늘은 간절합니다
선배님께선 무엇을 지향합니까
선배님께선 어느 하늘을 이고 계십니까

오늘같이 바람도 조용한 저녁
"엄마, 여긴 어디예요?" 하는
저 어린것의 목소리가 또렷이 들립니다

사이

—이승재 형께

형,

말 등에 손을 얹었습니다

이 말은 2200년 전에는 살아 꿈틀대는 엉덩이를 가졌
었습니다

용갱의 말 엉덩이에 손을 얹고

형께 문자를 보냅니다

여기는 부암동,

부침바위가 아이들 셋을 한번에 점지한 곳입니다

거북과 해태가 골목에서 빗돌을 지키는 밤

저는 형의 얼굴과 흰머리와 어깨를 생각하며

맨해튼이라든가 롱아일랜드라든가 브룩클린을 떠올립
니다

형은 곧 떠나시지만

저는 다시 컴컴한 골목에서

문자를 보내겠습니다

오늘은 유난히 춥고 아이들은

그래도 애비라고 늦도록 기다립니다

눈앞의 진실 앞에 진실해지겠습니다

형의 건강과 행복과 아름다운 영화를 위하여
형의 또 다른 때를 기다리겠습니다
부디 건강하세요!

神이 오지 않는 길목 돌뼈가 되었다

1. 늙은 의고주의자의 밤

그와 함께 남방부전나비 방 앞에서 막걸리를 마셨다
갈비와 통뼈를 얹은 모닥불은 세차게 타올랐으나
구월에도 바람은 차고 날은 쌀쌀했다

벌레가 좋아 벌레와 살림을 차렸다는 그는
3D 세계의 새로운 지평을 열 다큐멘터리를 위해
밤마다 벌레와 함께 벌레가 되어 숲을 헤집고 다녔다

꿀벌을 잡아먹는 말벌과
물뱀을 공격하는 두꺼비에 대하여
얘기하는 사이 막걸리는 떨어졌고
늦도록 산속에서 혼자 사는 즐거움과
말없이 순결한 우리 곤충들의 섭생과
봄날의 향기와 가을바람 사각거리는 소리에 대하여
그는 아주 천천히 말을 이어 갔다

서생의 곤충학과 벌레의 생태학은 차원이 다르고
벌레의 학명과 곤충의 실명 또한 세계가 다르다며
갑자기 비틀거리며 일어서는 그의 눈에선
잠깐 불빛이 번뜩였다

생은 고귀하지도 비천하지도 않으며
죽음만큼 가깝고 훌륭한 것이 또 없다고 말하는 순간
보더콜리 종의 두 달 된 곰과 여우란 놈들은
컴컴한 마당을 재빨리 가로지르며
죽은 나방을 입에 물고 뒤엉켜 놀기 시작했다

2. 계방산(桂芳山)

세계는 더 이상 비밀이 아니었으므로 그는 아예 운두
령 골짜기로 떠났다. 모든 것이 너무 빨리 왔다 갔으므
로 그에게 벌어진 일을 그는 알 수 없었고, 누구도 그와
함께하지 않았으므로 그에게 벌어진 일은 아무도 알 수

없었다.

너무 빨리 찾아온 가을과 너무 느린 하루를 나뭇가지
에 걸어 두고 그는 매일 세상에서 가장 긴 아침을 만난
다. 그에게 하루는 아침에서 아침으로 홀로 비껴 내리는
햇살이 되어 딱히 외로울 것도 없이 그저 무심히 눈을
떴다 감는 것.

가끔 해발 1,577미터에서 쏟아져 내린 바람은 나뭇가
지를 흔들고 지나간다. 그러나 바람도 잠깐 하루의 좁은
이마를 때릴 뿐 운두령은 처음부터 그 자리에 그대로 서
있는 정물과 같았다.

태어나고 자라고 결혼하고 자식 낳고, 다시 태어나고
자라고 결혼하고 자식 낳는 시간은 너무 빨리 왔다 갔으
므로 잠깐 빛난 햇빛을 그는 영영 볼 수 없었고, 누구도
그와 함께하지 않았으므로 그에게 벌어진 일은 아무도
알 수 없었다.

3. 주여, 삭치소서

난 우리 집에서 맨해튼까지 기차를 타는 시간이 참 좋
아.
가끔 명상에 잠기기도 하지만,
주로 책을 읽으며 순간의 행복감을 느끼기도 하거든.
왕복 3일이면 웬만한 책 한 권은 읽지.
그동안 읽은 책에 대한 감상문을 쓰라고 하면,
아마도 꽤 될 거야.
뉴욕에 정착한 지 벌써 7년이 되어 가니 말이야.
그 7년은 내가 회사를 창업한 시간과 동일하구.
사라져 버린 시간과 돈도 많지만,
살아온 날들의 아픔과 혈기와 증오와 갈증도 꽤 흘러
가 버린 것 같아.

처음 3년은 열정과 꿈으로 정신없이 지나갔고

다음 3년은 지루한 시간과의 싸움을 겪어야 했어.
지금은 거대한 벽에 맞서 수도사처럼 면벽하고 있지.
관점과 구조를 완전히 뒤집지 않으면
도저히 승산이 없는 게임이란 걸 알아 버렸으니 어쩌
겠수.
수집하고 읽고 뒤집어 보고 메모하고
수집하고 읽고 뒤집어 보고 메모하고
그러다 거리를 걷고 또 걷는 거지.

시나리오를 쓰기 시작하면서
글과 씨름하는 시간이 늘어나고
잃어버린 '시인의 꿈'이 되살아나고
이런 화두가 자연스럽게 싹트더군.

왜 아직도 이 세계에 소개된 그 무엇이 하나도 없는가.
왜 우리는 포기하든지 돌아가 다시 시작하든지 결정하
지 못하는가.

난 아직도 맨해튼까지 기차를 타고 가는 게 좋아.

세상에서 가장 긴 덜컹거리는 시끄러운 직선 위에서 나는

여전히 수집하고 읽고 뒤집어 보고 메모하지.

그러면서, 왜 아직도 이 세계에 소개된 그 무엇이 하나도 없는가.

왜 우리는 포기하든지 돌아가 다시 시작하든지 결정하지 못하는가,

를 아주 길고 길게 생각하지.

4. 섬, 사라진

1989년 여름, 만화판화패 '새김' 방에 들렀다가 돌아가는 길에 한잔 먹었을 거야. 형은 그 며칠 전 우연히 외대쯤에서 만나 인사만 하곤 헤어졌고, 그날은 점호 형인가 병수 형인가랑 만났었지.

다음 날, 소같이 큰 눈에 육중한 바리톤의 형이 알 수 없는 이유로 갑자기 목숨을 빼앗겼단 소식을 무덥고 나른한 캠퍼스 어딘가에서 들었지. 그때 산환이가 있었던가?

'새김'에선 내창이 형이 지주였지. 술도 말발도 눈동자도 목소리도 새김도 따라갈 수 없었지. 조소과였잖아!

그렇게 갑자기 형이 죽자 한동안 정신없이 지내다, 어떤 때는 분노가 치솟고, 어떤 때는 슬퍼지고, 어떤 때는 혼란스럽고 했지. 며칠씩 술자리가 벌어졌지.

그러는 동안 시간은 흘렀고 나는 운동의 관점과 투쟁 방향에 있어 다른 길을 가게 됐지. 다들 알겠지만 사회구성체 논쟁을 거치면서 그때는 많은 노선으로 분기되는 시기였지.

내창이 형을 보내는 날, 대운동장 저 끝 어디쯤 서서 불렀던 노래를 잊을 수 없구먼. 나로서는 현세에서 형을 진짜 송별하는 순간이었으니.

그로부터 25년 만에 추모사업회 총회장엘 갔고 회원도 아닌 주제에 인사까지 했으니, 이젠 꼼짝없이 형을 생각하며 살게 됐네.

뭐 그렇다고 이제 와서 무슨 대단한 일을 하진 못하겠지만, 또 그렇다고 영영 아무것도 못 하진 않겠지.

5. 지성소(至聖所)

내가 형한테 얘기했었나?
중학교 2년, 고등학교 2년 동안 새벽종 쳤다는 거.
아버지가 교회 사찰을 하셨다는 거.
건강이 약하다는 이유로 쫓겨나기 전까지 사찰을 하셨

지.

　나는 양탄자가 깔린 강대상 뒤 융단 위에서 잠을 자다가 새벽종을 쳤지.

　아, 그러고 보니 카세트테이프를 넣었다 빼는 거였구나.

　어쨌든 그 시절 내 잠자리는 교회에서 가장 중요한 지성소였지.

　그러던 어느 날

　아버지는 곧 돌아가실 듯 일주일가량 사경을 헤매다 기적적으로 일어나셨어.

　한쪽 폐는 완전히 죽었고 한쪽은 완전히 살아났어.

　아버지는 성령께서 당신의 몸을 수술하는 시간이었다고 하셨지.

　남은 한쪽 폐가 생명을 다할 때까지

　관을 짜 놓고 기다리다

　25년을 더 머무셨지.

　형의 발자취를 더듬어 가듯 한 자 한 자 놓치지 않고

읽었어.

간만에 예수쟁이 책*을 이토록 꼼꼼히 읽게 될 줄이야.

읽으면서, 그동안 책만 끼고 살았다는 얘기가 틀리지 않구나 생각했지.

형도 형 마음대로 교회를 들었다 놨다 했으니

나도 내 마음대로 지껄여 보자면,

일단 구성은 훌륭했어.

분량도 적절하고, 기승전결의 시퀀스도 나무랄 데 없구,

독자를 끌어당기는 기술은 얇지도 두껍지도 않으면서 지혜롭고,

중간중간에 지루하지 않도록 적절한 유머를 끌어다 메꿔 주구,

어느 쯤엔가 눈물 한 방울 살짝 훔치도록 감동을 주는 솜씨도 훌륭하구,

* 나벽수, 『벽수 씨의 교회 원정기』, 포이에마, 2012.

끝까지 강요하지 않고 끌어가는 매너도 깔끔했어.

주제 역시 대중적이면서도 작품성을 놓치지 않는 무게가 있어.

남자 주인공은 키가 작은 것 빼고는 봐 줄만 하구,

여기까지는 다 좋은데,

왜 이 글은 주인공이 모두 남자야?

주연도 남자구, 상대 주연도 남자구,

심지어 조연도 Jesus, 남자잖아!

도대체 왜 여잔 없는 거야?

최소한 조연이라도 여자가 있어야 할 거 아냐!

형은 만족할지 모르지만, 난 여전히 불만이야.

로맨스 없는 이야기로 왕창 감동받고 싶진 않거든.

아무리 아직 끝나지 않은 이야기라고

변명을 해도 말야.

6. 곡신(谷神)*
─김석영 형

저는 십 남매의 막내입니다. 우리 집안이 요즘은 듣기
만 해도 자지러지는 대가족이 된 건 오 남매 부잣집이던
아버지 형제가 모두 사라지거나 헤어져 홀로 자란 부친
의 굳은 결심에 기인한 바 큽니다.

열다섯에 시집온 어머니는 생기는 대로 자식을 다 낳
았고, 이른 새벽부터 잠들 때까지 전쟁을 치르듯 육아와
가사와 농사를 지었습니다. 큰형과 내가 이십 년 터울 지
니 모친께선 이 년에 한 번꼴로 출산이란 그 성스러운
의식을 치르신 셈입니다.

철도 공무원 봉급으로 십 남매가 손톱 하나 부러지지

---

* 『老子』 제6장, "谷神不死, 是謂玄牝(곡신은 죽지 않으니, 이를 현빈이라
한다)"

않고 장성해서 잘 먹고 잘사는 걸 보면, 어머니께선 팔이 천 개였다는 천수관음의 현신이었다 할 만합니다.

살아 있는 부처였던 어머니도 딱 한 번 조산소엘 가 주는 대로 약을 먹고 용을 쓰신 적이 있다는데요, 바로 그 몇 시간 후 손바닥만 한 아기가 태어났고, 때는 동짓달 중순이었다고 합니다. 그래 저는 칠삭둥입니다.

육아와 가사와 농사를 위해 평생을 연소시킨 어머니는 환갑 지나고 몇 년 후 그만 풍병(風病)을 만나셨고, 그로부터 5년 동안 병석에서 손짓 발짓으로 자식들 가르치고 챙기고 걱정하시다 어느 겨울밤 마침내 먼 곳으로 떠나셨습니다.

7. 처용암(處容岩)

神이 오지 않는 길목 돌뼈가 되었다.

말더듬이 남자가 새끼 염소 두 마리를 끌어다 시커먼 우리에 집어넣고 한참 동안 주절주절 떠드는 동안 얕은 물에는 파도가 없고, 갯바위들은 늦은 햇살을 맞는다. 이렇게 선선한 날에는 꼭 내 여자 같은 여자가 평토가 다 된 오래된 무덤을 척척 걸어 지나간다.

나는 이 바닷가 풀밭에 앉아 느릿느릿 오가는 바닷물을 바라보거나, 아예 청맹과니 귀머거리가 되거나, 아무런 생각도 바라는 것도 없이 반쯤 기운 토방 같은 몇 채의 햇빛과 그 코끼리 같은 여자의 억센 콧김을 맡는 생각을 한다.

4부

이른 생명

생물일 때에는 몰랐다
무생물인 것을

모든 여자가 어머니가 되는 게 아니듯
모든 어머니가 할머니의 영광을 누리는 게 아니듯

아버지가 되어 아버지를 긍정하고
아버지가 되어 할아버지를 긍정하는
생물의 진리를 몰랐다

자식의 부러진 다리를
자식의 잘린 허리를
자식의 식은 몸을

한 생명을 위하여
온 생명을 바치는
생물의 법칙을 몰랐다

무생물일 때에도
생물이었던 것을
나는 몰랐다

나

수정란이 엄마의 자궁 내막에 착상되는 순간 모체의 면역 세포들에는 수적·기능적 변화가 일어난다.

외부에서 침입한 바이러스나 세균 등을 죽이는 T세포는 감소하고, 암세포 등 비정상 세포를 공격해 죽이는 NK(natural killer)세포는 그 파괴 능력이 약화된다.

일반적으로 임신부는 바이러스성 질환에 약해지고 종양의 성장 속도가 빨라지기도 한다. 반대로 자가 면역 질환인 루푸스(Lupus)나 류머티스 관절염은 호전되기도 한다.

나를 거부하지 않으면서도 나를 지키기 위해 모든 어미는 새로운 절묘한 균형을 찾지 않으면 안 된다.

느린 시간

방금 태어난 아기에게는 시간이 없다. 필요 없기도 하지만 인지도 불가능하다. 과거도 없고 미래도 없다. 순간순간이 영원이다.

아기는 자라면서 아주 서서히 시간을 인지하기 시작한다. 1분 1시간 하루 한 달을 가늠하려면 한참의 세월이 지나야 한다. 18개월은 돼야 앞뒤를 분별할 수 있다. 자신의 행동을 기억할 수 있어야 직전 직후를 가릴 수 있기 때문이다.

다섯 살쯤 되면 일과를 차례대로 배열할 수 있다. 아침에 눈 뜨는 지긋지긋한 순간부터 밥 먹고 이 닦고 어린이집 갔다 와서 손발 씻고 또 밥 먹고 이 닦고 잠자리에 드는 하루.

초등학교 들어갈 때쯤에는 1분 정도의 시간 양을 어느 정도 셈할 수 있다. 때문에 '10분만 가면 도착한다'라고 말한 바로 1분쯤 뒤에 '얼마 남았어요?'라고 또 묻고는 한다.

시간의 속도

소년이 총각이 되고 소녀가 아가씨로 변신할 즈음에는 호르몬의 대폭발 와중에 뇌신경 발달이 촉진되고 미엘린 수초화(myelination)가 진전되면서 뇌의 신호 전달 속도가 획기적으로 가속된다.

이와 같은 정보 처리 시스템의 성장은 정보의 양을 폭증시키고, 급증한 정보를 처리하기 위해 다시 전두엽이 발달하면서 기억과 감정의 연쇄적 강화가 일어난다. 기억할 것도 많고 느낄 것도 많아지면 자연히 시간은 느리게 간다.

첫 시험, 첫 키스, 첫 사랑, 첫 월급, 첫 결혼, 첫 승진 …… 할 만한 것을 다해 버리고 나면, 정보 처리 능력에 비해 정보의 양이 지속적으로 줄어들면서 시간은 급속도로 빨리 지나간다. 동일한 시간 구간에 기억할 만한 지표가 자꾸만 줄어들면서 1년도 10년도 하루처럼 빨리 간다.

협종(夾鐘)

잔가시고기 수컷은 번식기가 되면 몇 날 며칠 공을 들여 수초 줄기와 찌꺼기를 모아 집을 짓는다.

처음엔 재료를 얼기설기 뭉쳤다가 어느 정도 크기가 되면 빙글빙글 돌아가며 피부의 점액질로 단단히 묶는다. 그러고 나서 온몸으로 가운데를 뚫어 출입구를 낸다.

암컷은 그때를 기다렸다 들어가 합궁을 하고 알을 낳는데, 새끼들은 그 집에서 부화해 자라고 또 떠난다.

소리의 순간
-건이에게

뒤에서 나는 너의 소리 밤을 가르는 순간의 파열음이
솟구치는 순간의 너의 아랫배와 가슴과 어깨가 보인다
골목을 뒤바꾸는 소리의 순간이 보인다

스며드는 파고드는 찔러 대는 소리 네가 떠날 혹은 떠
나는 소리 아닌 소리를 닦아 내며 훔치며 흔들리는 웅성
대는 소리 구겨지는 소리 쭈글쭈글한 소리 축축한

내일이 겹겹이 쟁여지는 순간들 위로 쏟아지는 무수한
너의 순간이 소리치는 차마 잊을 수 없는 소리 날아가는
떠나가는 소리 우주를 뒤바꾸는 소리의 순간을 본다

한 중년이 있다

아파트 꼭대기에서 한순간 내던진
산더미 같은 절망을 몸으로 받은 공무원은
만삭의 아내와 여섯 살 딸아이를 두고 떠났다
그를 보내던 날, 아내와 죽은 학생의 부모는
"모두가 피해자"라며 손을 잡았고
관사에서 혼자 지내던 한 섬마을 여교사는
학생들 아버지로부터 성폭행을 당했다
경찰은 수능 모의고사 문제가 유출돼
학원 강사의 집과 차량을 압수수색했고
스크린도어를 고치다 열차에 받혀 죽은
한 청년의 월급 명세서가 공개되자
왜 가방에서 컵라면이 나왔는지 알겠다며
추모 문자는 더욱 폭주했다
도쿄와 취리히를 거쳐 서베를린에서 동베를린으로
다시 고려항공 타고 평양에 갔던 스물한 살 임수경은
감옥살이 40개월 후 결혼과 이혼에 외아들까지 잃고
'정치적이지 못해' 공천 못 받았다며
'통일의 꽃'이란 원죄, 이젠 벗어날 수 없다는 걸 안다

고
　"오히려 북한에 관심 없다"고 밝혔다
　그녀에게 이젠 남편도 자식도
　국회의원 지위도 북한도 없는 참으로
　솔직한 현실이 남은 것과 같이
　현금 서비스 받아 월세를 내며
　다달이 아내와 싸우는 옹졸한 현실주의자
　생활의 항상성과 통일에의 열망 굳센
　한 중년이 있다

라헨느CC
—강대연 선배

그는 누구누구의 멘토로 한때
벤처 신화를 이끈 주인공이었다
금싸라기 같은 5분의 시간을 베풀어
아예 몰락의 기획을 추진하던 사업가를 구했고
열정을 태우고 싶어도 돈이 없던 청년 몇을
건실한 상장사 경영인으로 키웠다

그의 투자는 냉혈도 열혈도 아니었다
철저한 분석과 검토와 시뮬레이션에 입각한
피도 눈물도 없는 투철한 자본의 논리였다
선배도 후배도 줄줄이 검찰에 출입하는
비자본의 논리 속에서 그는
끝까지 무위의 객관성을 지켜냈다

1번 홀에서 버디를 한 동반자가
4번 홀에서 더블 파로 상심에 빠지자
제주 날씨치고는 바람도 없으니
오늘은 운이 좋다며 그저 무심히 앞서갔다

그의 성공은 말하자면
불현듯 주어진 우연이 아니라
바람의 운행처럼 때로 강력하고
때로 부드러운 순리의 승리였다

그러나 사람이 없다
왜 사람이 없는가
왜 자식이 없는가

마지막 홀에서 그는
윗세오름의 감동적 포즈를 소개하며
오름과 맞닿은 하늘과 그 너머 바다의
무심한 율동을 그저 무심히
전하는 것이었다

빨간 점퍼를 입은 블랙아웃

빵! 하고 날아간 탄환은
섬광을 일으키며 떠올라 한순간
숨도 쉬지 못하고 내리꽂혔다

안경이 날아가자 도로와 건물은
비틀리고 찌그러지고 흘러내리고
체온과 상온 사이 평균점을 향해
구부러진 팔과 늘어진 다리와 접힌 허리는
앵글 안에 고정되어 있었다

외투 속에 머리 파묻은 사람들
검은 승용차와 푸른 트럭과 버스가 내달리는,

가볍게 날아올라 순간이 영원인 듯
중력 법칙 넘어 블랙아웃

인간이 무엇이기에 이토록 기억해 주십니까
라고 생각하는 순간의 빵!

오사카
―꿈

그는 다리를 절며 걸어가고
나는 무쇠 추를 매달고 잠들었다

사고를 당해
작은놈이 죽었다는 소식

동생을 찾던 큰놈마저
죽었다는 문자

오늘 꿈을 믿고 싶지 않다면
그날 꿈을 버려야 한다고 깨닫는

나의 화장로(火葬爐) 앞에서
나를 찾는 시뻘건 두 눈

"영원한 생명으로 나아가는
 죽음은 얼마나 복된가!"

시간의 증언

31일과 1일 사이
영하 12도의 양주 문화동산
꽝꽝 언 시간이 굴러간다

새해를 앞두고
출판기념회에 참석했던 여덟 명에게는 문자를
미국 간 서 교수에게는 메일을 보내야 한다

오사카행 항공권은 얼마지?
라고 하는 순간,
혼다 히사시의 '증언'

"한 사람의 갓난아기를 희생시켜
 한 사람의 병사를 죽인다
 폭탄은 우유병에 설치했을까
 아니면 기저귀 속이었을까"

보이지 않는 소리들이 밤하늘을 깨고 나와 날선 나뭇

가지들의 손마디 자르는 소리

누가 있어 당신을,
당신을 부르오리까

언 땅에 서서
틈 없는 틈을 찾는 시간이 되어
호각 소리 구령 소리 발걸음 소리

신년회를 앞두고
외신기자클럽 만찬 참석자에게는 문자를
파리 사는 선배에겐 메일을 보내야 한다

영하 12도의 양주 문화동산
꽝꽝 언 시간이 굴러간다

거대한 눈

한 사람의 영혼이 육신을 떠났다는
소식은 차갑고 날선 눈과 함께 왔다

열차들 자동차들 자전거들
움직이는 굴러가는 달려가는
사람들과 사람들의 사람들이 뒤엉킨
비켜 가는 스쳐 가는 엇갈리는 좌절하는
무수한 술어(述語)들과 함께 왔다

육신이 분해되는 하강의 길 혹은
유기체가 복합체로 전이되는 연속의 길
세계와 세계의 틈으로 스며드는 영혼의 운동
혹은 우연에서 필연으로 상승하는 영원의 길

가슴을 때리는 옭죄는 숨길 가로막는
영혼과 육신의 분리와 슬픔과 절망 앞에서
끝을 알 수 없는 심연의 무수한 구멍들
구겨지고 접히고 되접히고 펼쳐지는 순간들

한 움큼의 뼛가루를 떠올리며
그가 아닌 그는 그녀가 아닌 그녀와
한겨울 축축한 길을 걸었을 것이다

육신을 떠난 한 사람의 영혼은
휘날리는 흩날리는 거대한 눈이 되어 왔다

순간을 위하여

어둠 속으로 끌려 들어가는
끝없는 심연으로 쪼그라드는
찢어지고 갈라지고 작아지는 혹은
환각이거나 마비를 넘어서는 고요한

'진드기의 삶이 유난히 풍요로워 보이는 그러한 밤"으
로 빠져드는 자신을, 알 수 없는 느낄 수 없는 소멸되는
자신을 생각하는

무한히 쪼개지는 정신을 위하여
잘게 부서지는 영혼을 위하여
아무것도 할 수 없는 자신을 위하여

휘날리는 바람과 같이 흩어지는 먼지와 같이 연기와
같이 입김과 같이 보이지 않는 볼 수 없는 무수한 쭈글
쭈글한 주름과 같이

흐느적거리는 다리와 늘어진 팔과 널브러진 몸통을 상

상하는

무너지는 침몰의 시간을 뒤집는 간절한 순간이 있다면
정신의 순간을 위하여
영혼의 순간을 위하여

차라리 나를 버리라 나를 잊으라
말하는 간절한 순간이 있다면

* 질 들뢰즈, 『주름, 라이프니츠와 바로크』, 문학과지성사, 2004

다음 생명

너무 많이 먹었다
너무 오래 먹었고
너무 자주 먹었다

젖은 다리로
이젠 아무도 없는 검은 처마를 찾아가듯
구멍 뚫린 지붕과 깨진 창문 사이
기억은 칼날처럼 얼어붙었다

너무 많은 것을 들었고
너무 많은 것을 버렸다
내가 추억하는 뼈와
내가 희망하는 몸 사이에서

나는 누구를 위하여
떨어진 단감을 줍지 않았다

가령 내 정신이

저 히포와 밀라노 사이
혹은 그라나다와 페스 사이
한 헐벗은 부랑자의 쓰라린 영혼이었다 해도

이 가을을 보는 눈,
내 눈을 도려내겠다

속도의 시학, 주름의 미학

류신(문학평론가, 중앙대학교 교수)

1. 속도

한국 현대시에서 '속도'라는 시적 화두는 낯설고 생소하다. 하지만 곰곰이 생각해 보면, 속도라는 주제가 다루어진 실례가 전혀 없는 것도 아니다. 속도가 직간접적으로 작품화되는 방향은 크게 세 가지로 정리될 수 있다. 첫째, 속도를 맹렬히 돌진하는 현대 산업 문명의 파시스트적 욕망과 동일시하는 경향이 발견된다. 이러한 시들은 대개 문명 비판적 경향을 갖는데, 여기서 인간성을 외면하고 서정성을 묵살하는 속도는 늘 혐오와 부정의 대상이다. 이러한 시의 근간에는 '빠른 것의 최후는 죽음이다'라는 관념이 깊이 뿌리박고 있다. 둘째, 속도를 양적인 시간의 공허한 질주로 규정하는 흐름이 있다. 이러한 시는 자연 친화적 생태시의 범주에 속하는데, 여기서 진보의 신화는 거부되고 느림의 미학이 천명된다. 이러한 작품은 빠른 것이 느린 것을 압살하는 현대 도시 문명에서 탈주해 여유, 권태, 무위, 나태, 자연 등의 가치와 의미를 재발견하는 데 주력한다. 셋째, 속도를 정지와 정체를 용인하지 못하는 역동적인 시적 상상력의 은유로 치환하는 동향이 있다. 여기서 속도에 대한 관심은 기성의 질서(전통)에 저항하는 혁명의 신념과 부단한 자기 갱신에 대한 열망으로 이어진다. 보라, 맹렬한 속도로 죽비처럼 내리꽂히는 이 폭포의 가속도를. "번개와 같이 떨어지는 물방울은/취할 순간조차 마음에 주지 않고/나타(懶惰)와 안정을 뒤집어놓은 듯이/높이도 폭도 없이/떨어진다"(김수영, 「폭포」). 이때 속도는 어떠한 타협도 거부하는 시인의 의연하고 올곧은 영혼의 힘을 상징한다.

김재홍 시세계에 나타난 속도의 시학은 앞서 언급한 세 가지 범주와는 다른 방향으로 전개된다. 물론 그의 시세계에서 맹목적인 속도의 끝은 죽음이라는 성찰이 부재한 것은 아니다. 오토바이 충돌 사고의 순간을 묘사한 「빨간 점퍼를 입은 블랙아웃」이 그 실례이다. "빵! 하고 날아간 탄환은/섬광을 일으키며 떠올라 한순간/숨도 쉬지 못하고 내리꽂혔다/(……)/가볍게 날아올라 순간이 영원인 듯/중력법칙 넘어 블랙아웃". 그러나 그의 시가 속도와 연관해 매력을 발산하는 지점은 가속도의 최후가 존재의 소멸, 비유

하자면 '실존의 암전(暗轉)'이라는 인식에 있지 않다. 한편
「느린 시간」과 「시간의 속도」 같은 작품에 잘 드러나듯이,
시간의 속도는 처한 상황과 생의 나이에 따라 상대적으로
인지된다는 김재홍 시인의 성찰 역시 참신한 시적 발상이
라고 판단하기 어렵다. 이번 시집에서 김재홍 시의 개성이
분출되는 지점은 두 곳(야구장과 바닷가)이다. 첫째, 속도가
자유 의지와 운명애(Amor fati)의 메타포로 사용될 때 김재
홍 시의 상상력은 철학적으로 웅숭깊어진다. 여기 투수의
손을 떠나 날아가는 야구공이 있다.

  투수의 손을 떠나는 순간 공의 물리적 초기 값
  이탈 시점의 근육 운동의 크기와 속도와 높이 각도
  수치화할 수 있는 매개 변수를 추출해
  방정식에 입력하면 그 공의 미래는 예측된다
  좌표상의 아주 깔끔한 시각화도 가능하다
  공의 궤적을 그리는 것은 언제나 수학적이다

  그러나 공은 완봉승을 꿈꾸는 투철한 욕망덩어리가 아니
  라
  타자의 방망이를 부러뜨리거나 회피하겠다는 불굴의 의
  지가 아니라
  임의의 수치로 표백된 추상이거나 기호거나 상징이거나
  예측할 수 없는 미래의 공포에 떨며 끊임없이 흔들리는

스스로 매개 변수를 대체하며 시시각각 맞바람을 느끼는
자신의 불확실한 자유에 체념하고 운명을 인정하는

외부적 관성이 아니라 자발적 운동을
기계적 분절이 아니라 연속적 자극을
계수적 희망이 아니라 우발적 사건을

순간과 순간의 격렬한 욕망을 향해
어금니를 깨물고 날아간 순연한 운명
자유 혹은 발산하는

−「자유 혹은 발산하는」 전문

  투수가 던진 공의 **빠르기**는 오늘날 과학적으로 정확한
측정이 가능하다. 따라서 얼마의 속도로 어떤 궤적을 그
리며 얼마나 먼 거리를 날아갈지를 예측하는 작업은 어렵
지 않다. 그러나 시인은 '야구공이 갖는 이 물리적 수치가
야구공의 본질일까'라는 물음을 던진다. 야구공이 허공을
호쾌하게 가르는 일차적인 이유는 타자를 압도해 경기에
서 승리하겠다는 투수의 경쟁심에 있음이 자명하다. 하지
만 시인은 이 분투(奮鬪)의 욕망만이 야구공이 속도를 갖
는 동인이라고 해석하지 않는다. 그렇다면 공이 날아가는
이유는 무엇인가? 공이 속도를 갖는 근거는, 시인의 상상
력에 의하면, 공 자체에 내재된 자유 의지의 발로이다. 시

인은 공의 초속, 종속, 평균 속도, 공의 각도와 비거리 등
이 비록 속도계와 컴퓨터에 의해 계량화될 수 있다고 하더
라도 인간이 공에 내재된 자유 의지를 완벽히 규정하고 통
제할 순 없다고 생각한다. 왜냐하면 투수의 손을 떠나는
순간 공은 타율적 객체에서 자율적 주체로 변신하기 때문
이다. '주체화'된 공은 더 이상 "외부적 관성"으로 날아가
는 가는 것이 아니라 "자발적 운동"으로 회전한다. 자율적
주체로 승격한 공의 특징 세 가지를 일별해 본다.

1) 공은 예민한 감정의 소유자이다. 자신이 언제 어느
곳에 추락할지, 포수의 미트에 어떻게 빨려 들어가 포획될
지, 휘두른 타자의 배트와 언제 어디서 어떻게 충돌할지,
말하자면 공은 자신의 "예측할 수 없는 미래의 공포에 떨
며 끊임없이 흔들리는" 존재이다.

2) 공은 절대 자유 의지의 결정체이다. 따라서 "시시각각
맞바람을 느끼"며 공기의 저항에 맞서 앞으로 날아가겠다
는 의지의 "연속적 자극"으로 움직이는 공의 속도는 "기계
적 분절"의 단위로 수치화되어 평가될 수 없다. 말하자면
공의 속도, 즉 주체의 자유에 대한 갈망은 결코 과학적 규
정과 물리적 판정의 대상이 아니라는 것이 시인의 신념이다.

3) 공은 운명애의 화신이다. 중력의 법칙에 저항하며 날
아가는 공은 절대 자유를 누리지만 동시에 운명에 순응한
다. 아무리 능력 있는 투수가 힘차게 내던진 강속구라도
영원히 날아가는 공은 없다. 공은 불변하는 "계수적 희망"

이 아니다. 공은 점점 속도가 떨어져 언젠가는 지상으로 떨어지기 마련이다. 공은 자신에게 주어진 운명을 거부하며 동시에 추락의 숙명에 동의한다. "순간과 순간의 격렬한 욕망을 향해/어금니를 깨물고" 날아가는 공은 불굴의 자유 의지를 온몸으로 구현한다. 그러나 결국 공은 어느 순간 "자유에 체념하고 운명을 인정"해야만 한다. 요컨대 항명(抗命)과 순명(順命)의 변증법적 긴장이 공에 추진력을 부여하는 진짜 이유이다. 이 시의 마지막 연 두 행에 속도의 본질에 대한 시인의 철학이 함축되어 있다.

　　순간과 순간의 격렬한 욕망을 향해
　　어금니를 깨물고 날아간 순연한 운명

　공의 속도는 자신의 운명을 초극하려는 자유 의지의 표현이자, 자신의 숙명을 직시하고 그것과 화간(和姦)하는 운명애의 기표이다. 이제야 시인이 공의 속도를 "기호거나 상징"이라고 쓴 소이연을 짐작할 수 있겠다. 기계에 의해서 측정된 수치가 속도의 본질의 전부는 아니다. 속도에는 모종의 의미가 투시되어 있다. 속도는 해석의 대상이다. 속도는 의미의 상징적 복합체인 것이다.
　속도와 관련해 김재홍 시의 미덕이 돋을새김되는 또 다른 지점을 살펴보자. 이번 시집에서 김재홍 시의 개성은 야구공처럼 '움직이는 대상'의 의미를 성찰하고 내면화할

때뿐만 아니라 '대상의 움직임' 자체를 관찰하고 탐색할 때
도 발현된다. 말하자면 속도 자체가 갖는 힘과 아름다움
을 시화(詩化)할 때 김재홍 시의 상상력은 기민하고 날렵해
진다. 여기 사납게 파도가 휘몰아치는 암벽으로 둘러싸인
바닷가가 있다.

파도가 어느 순간 암벽이 되는 것처럼
한계치를 넘긴 속도는 배를 탄환으로 만든다

바위를 밀고 굴리고 내던지고 부수는 물길과
방파제와 도로와 자동차와 건물을
무너뜨리고 파헤치고 부수고 쓰러뜨리는 물결
임계 속도를 넘긴 모든 유체는 철벽이 된다

견고성을 향한 유체의 운동에
유체를 향한 속도가 상응한다

암벽 속을 헤엄치는 것들
주무르고 달래며 접고 펼치는 것들
사이로 틈으로 안으로 스며들며 유영하는 것들

속도를 견뎌 낸 혹은
욕망을 이겨 낸 것들의

살아 있는 견고한 놀이를 위하여
점은 구멍 뚫리고 선은 구부러지고 면은 구겨진다

암벽은 흘러내려 물결치고
물너울 타고 넘는 탄환을 따라
헤엄치는 것들의 쭈글쭈글한 겹쳐진 곡선
한없이 둥그런 물마루

－「암벽, 헤엄치는」전문

정지한 사물에는 속도가 부재한다. 속도는 이동하는
것, 움직이는 것, 운동하는 것, 흐르는 것이 갖는 속성이
다. 김재홍 시인은 「흐르는 것」에서 "흐르는 것은 순간을
지우고/시간을 지우고 모든 흐름과/한꺼번에 일치하는 흐
름으로/흐른다"고 썼다. 그렇다. 흐르는 유체의 속도는 시
간을 지운다. 시간의 분절 단위를 더 빨리 지워 나갈수록
속도는 점점 빨라진다. 속도란 단위 시간 동안에 이동한
위치의 변위로서 물체의 빠르기를 나타내는 벡터량이다.
비유하자면 속도는 순간을 포식하는 시간의 괴물인 것이
다. 가급적 시간을 빨리, 많이 잡아먹어야 속도의 위세는
기고만장해진다.

거친 폭풍우가 휘몰아 대는 성난 파도의 물결은 흐르는
물 가운데 가장 빠른 속도로 움직이는 유체일 것이다. 「암
벽, 헤엄치는」의 1연과 2연은 임계 속도를 넘은 파도의 힘

에 대해 거침없이 노래한다. "바위를 밀고 굴리고 내던지고 부수는 물길과/방파제와 도로와 자동차와 건물을/무너뜨리고 파헤치고 부수고 쓰러뜨리는 물결/임계 속도를 넘긴 모든 유체는 철벽이 된다". 이 시구는 조화나 비례와 같은 전통적인 미의 형식을 타파하고 질주하는 현대 문명의 속도미를 예찬한 이탈리아 미래주의 예술운동의 모토를 떠올리게 한다. 미래주의 운동을 주도한 시인이자 소설가 필리포 마리네티가 1909년 발표한 「미래주의 선언」의 다음 대목을 보라. "지금까지의 문학은 생각에 잠긴 부동성, 황홀경, 그리고 수면만을 찬양했다. 우리는 공격적인 행동, 열에 들뜬 불면증, 경주자의 활보, 목숨을 건 도약, 주먹으로 치기를 찬양하고자 한다. 우리는 새로운 아름다움, 다시 말해 속도의 아름다움 때문에 세상이 더욱 멋있게 변했다고 확언한다. 폭발하듯 숨을 내쉬는, 포탄 위에라도 올라탄 듯 으르렁거리는 경주용 자동차는 루브르 박물관에 전시된 사모트라케의 니케 조각상보다 아름답다." 바위를 부수고 건물과 자동차를 단숨에 집어삼키는 광포한 파도의 힘은 물이라는 물질의 속성에서 기인한다기보다는 물에 부여된 속도에서 비롯된다. 임계점을 넘은 속도는 대상을 뚫는 "탄환"이 되기도 하고 대상과 정면충돌할 때는 "철벽"이 된다. 하지만 속도가 갖는 공격적인 역동성을 노래했다는 점에서 김재홍 시인을 이탈리아 미래주의의 후예로 상정하는 것은 성급한 논리의 폭력이다. 자연과

인간을 굴복시키는 미지의 힘인 속도의 쾌감을 노래했다
는 점에서 그의 시세계는 미래주의적이지만, 속도의 폭력
적 타격뿐만 아니라 그 공격을 견디는 대상에 주목한다는
점에서 그의 시세계는 미래주의의 한계를 넘는다.

시의 제목 '암벽, 헤엄치는'이 증언하듯, 이 시의 주제는
파도의 속도가 갖는 호전적인 남성성보다는 속도를 온몸
으로 받아 품는 암벽의 여성성에 있다. 견고한 암벽을 타
격하는 유체의 속도 못지않게 시인의 초점은, 그 유체의
속도에 반응하는 암벽에 놓여 있는 것이다. 3연을 기점으
로 시인은 파도의 속도에 '상응'하는 암벽의 '반응'을 탐색
한다. 우선 4연과 5연에서는 세찬 물살을 품은 암벽의 내
면이 그려진다. 철벽같은 파도와 맞부딪친 암벽은 파도의
거친 물길을 조건 없이 수용하여 그 힘을 약화시키고 자
신의 내부에서 그 물길이 자유롭게 유영하도록 허락한다.
암벽은 파도의 속도를 자신의 몸 "틈"으로 스며들게 만든
다. 그러므로 암벽은 '이빨 달린 자궁'(vagina dentata)의 상
징이 아니다. 오히려 조포(躁暴)한 물결을 "주무르고 달래
며 접고 펼치는" 암벽의 모습은 흡사 가출한 탕아의 귀환
을 포용하는 따뜻한 모정을 연상케 한다. 파도의 속도를
온몸으로 품어 안은 암벽 구석구석에는 구멍이 뚫려 있고
곡선이 새겨져 있으며 여러 층으로 주름져 있기 마련이다
("점은 구멍 뚫리고 선은 구부러지고 면은 구겨진다"). 시인은
이러한 암벽의 생리를 "속도를 견뎌 낸 혹은/욕망을 이겨

낸 것들의/살아 있는 견고한 놀이"라고 해석한다. 모름지기 모태는 모든 것을 받아들이지만 언젠가는 새로운 출발을 위해 품어 안았던 것을 세상 밖으로 내보낸다. 이것이 모성의 원리이다.

마지막 제6연에서 시인은 암벽이 자신 내부로 흡수했던 물길을 다시 바다로 내보내는 풍경을 묘사한다. 여기서 흥미로운 대목은 다시 바다로 돌아가는 물길이 호전적이지 않다는 것이다. 완화된 물길의 움직임은 동심원, "쭈글쭈글한 겹쳐진 곡선"을 그리며 퍼져 간다. 파도를 타고 질주하는 배의 속도는 여전히 공격적이지만("물너울 타고 넘는 탄환") 암벽으로 스며들었다가 흘러나온 물길("헤엄치는 것들")은 "한없이 둥그런 물마루"로 묘사된다. 물마루란 높이 솟은 파도의 고비를 뜻한다. 빠른 속도에 편승해 철벽처럼 곤두섰던 파도 끝의 '막다른 절정'이 '둥그런 물마루'로 변한 것이다. 파도치는 바닷가에서 속도의 변화를 궁리하는 시인의 눈이 예사롭지 않다. 요컨대 김재홍 시인은 "순간과 순간을 잇는 순간을"(「순간, 우발적인」) 사색하는 속도의 시인이다.

「암벽, 헤엄치는」에서 속도와 연관해 시인이 간파한 또다른 중요한 사실이 있다. 속도는 매끈한 직선이 아니라는 사실이다. 성난 속도가 수면(水面)의 높낮이를 가파른 철벽으로 만들고, 완화된 속도가 표면에 동심원을 그리듯이, 눈에 보이지 않는 속도를 가시화하면 시간의 분절이 보인

자코모 발라, 「움직임의 길」, 1913

다는 사실을 시인은 통찰하고 있다. 이번 시집에 속도가 포획했던 '시간의 주름', 즉 "쭈글쭈글한 겹쳐진 곡선"의 이미지가 도처에 출몰하는 이유는 여기에 있다. 김재홍 시인이 묘사하는 속도에 내재된 주름의 이미지는 에티엔 쥘마레의 연속사진술(chronophotography)을 떠올리게 한다. 인간이 볼 수 없는 사건의 순차적인 흐름을 사진으로 찍은 마레처럼 김재홍 시인의 눈은 '속도를 찍는 카메라'와 흡사하다. 제비의 날아가는 모습을 그린 미래주의 화가 자코모 발라의 그림 「움직임의 길」(1913) 역시 육안으로 식별할 수 없는 운동 이미지들을 초고속 카메라로 찍으면 속도에 내재된 주름이 어떻게 형상화될 수 있는지를 잘 보여준다. 허공을 가르며 날쌔게 날아가는 제비의 속도가 허공에 겹겹이 남긴 잔상을 보라. 흡사 주름을 닮았다.

2. 소리

소리는 물체의 진동에 의해 발생하고 매질의 진동으로 인해 전달되는 파동이다. 이런 맥락에서 음파는 허공의 주름이다. 공기 중에 겹겹이 접힌 음파라는 주름이 사방으로 펼쳐질 때 소리의 힘은 강력해진다. 여기 광장에서 솟구치는 함성이 있다.

우글거리는 웅성거리는 뒤섞인
출렁거리는 울렁거리는 심연에서
규칙적인 불규칙적인 뒤틀린
음들 음파들 의미를 향한 음표들

광장에서 골목에서
지하에서 지상에서 허공에서
표층에서 표층으로 심층에서 심층으로
상실에서 분노로 좌절에서 희망으로

솟구치는 파열음 우글거리는 밤
소리가 아닌 소리 의미가 아닌 의미 웅성거리는

뒤섞인 뒤틀린 뒤흔들리는 표면과 표면

너에 대한 너를 향한 너를 위한 너의 모든 순간을 지우려
는 외치는 소리치는 정당하게 당당하게 치솟는 밤의 함성들

솟아오르는 솟구치는 넘치는
경계를 넘는 경계가 사라진 경계를 만드는
음들 음파들 의미를 향한 음표들

심연에서 표면으로 배후에서 전면으로
함성, 솟구치는

―「함성, 솟구치는」 전문

추측건대, 이 작품은 지난 광화문 촛불집회 현장을 소
리의 힘으로 묘파한 작품으로 읽힌다. 시인이 적시한 소리
의 힘은 크게 둘이다.

첫째, 소리는 경계를 지운다. "우글거리는 웅성거리는 뒤
섞인/출렁거리는 울렁거리는 심연에서/규칙적인 불규칙적
인 뒤틀린/음들"은 허공에 거대한 주름을 만들어 다양한
차원의 경계를 넘는다. 소리의 힘이 극대화된 함성 속에
서, 위("표면")와 아래("심연"), 좁음("골목")과 넓음("광장"),
수평적 운동("넘치는")과 수직적 운동("솟구치는"), 앞("전
면")과 뒤("배후"), 질서("규칙적인")와 카오스("불규칙적인")

126

자아("나")와 타자("너")의 경계는 무효화된다.

둘째, 소리는 몸과 영혼을 울린다. 빛은 눈으로 느끼고, 맛을 위해서는 혀가 필요하며, 냄새는 코로만 맡을 수 있는 것과 달리, 소리는 귀로만 지각할 수 있는 게 아니다. 소리는 우리 몸의 구석구석을 파먹어 들어간다. 귀를 틀어막는다고 소리의 침투를 저지할 수는 없다. 원칙적으로 완벽한 방음과 차음은 불가능하다. 강력한 소리의 파장은 인간의 신체 구석구석을 파고들어 영혼을 울린다. 시각은 일정한 거리를 두고 대상을 인식한다. 하지만 듣기는 세계를 날것 그대로 받아들인다. 세계의 진정성을 체감하는 데 가장 적합한 감각이 청각일지 모른다는 생각이 시인의 뇌리에 각인되어 있는 것으로 보인다.

함성과 더불어 울음 역시 허공에 강력한 파동을 만든다. 함성이 허공에 내쏟는 요구와 소망의 집단적 분출이라면, 울음은 한 실존이 허공에 내뱉는 절망과 비애의 음파이다. 어느 복날 죽음을 앞둔 개가 허공에 울부짖는 처절한 울음만큼 슬프고 처절한 음악은 없다.

아침부터 그 개는 주름을 펼쳐
육신을 담을 그릇과 그릇이 놓일 땅과 그릇을 씻을 물과
함께 왔다

목장갑들의 섬세하고 깊은 주름

장방형의 닫힌 그물 꽉 찬 허기
메마른 허공의 쇳소리

그 개는 한 그릇의 햇빛과 바람과 나뭇잎과 함께
허공 속에서 울부짖었다

고개를 숙이는 순간의 욕망
고개를 드는 순간의 절망 앞에서

규칙성 다음의 특이성
직선 다음의 휘어진 쇠몽둥이를 만났다

그 순간 표면적의 최대화
가차 없는 매질의 격렬한 평면성과 끝을 알 수 없는 고통
의 심연까지
나는 그 개의 화성학을
비명의 불규칙적 멜로디가 아니라
음표 바깥으로 솟구치는 수직의 공포를 보았다

한 그릇의 허기와 육박해 들어가는 욕망과
보이지 않는 말을 수 없는 살의와 운명과 함께 왔다

허기와 허기 사이

아침부터 그 개는 음악적이었다

　　　　　　　　　　　　 -「그 개는 음악적이었다」전문

　김재홍 시인은 울음의 감별사이다. 그는 개의 비명에서
개의 영혼 가장 깊은 심연에서 신체 밖으로 타전되는 생의
리듬을 감청(監聽)한다. 이러한 시인의 예민한 청각은 니체
의 귀를 닮았다. 니체는 음악을 "의지의 언어", 부연하자면
"육체 없는 가장 내부의 영혼"으로 이해했다. 말하자면 니
체는 디오니소스적 음악성을 모든 세계의 근원으로 파악
하고 있는 셈이다. "음악은 현상의 모방이 아니라 의지 자
체의 직접적인 노출이며, 물리적 세계의 배후에 내재해 있
는 형이상학적인 것이며, 모든 현상의 근저에 놓인 '물 자
체'이다. 따라서 이 세계의 다양한 현상은 음악이 육화된
것, 의지가 자기 몸을 얻은 것에 다름 아니다."(『비극의 탄
생』) 이렇게 보면, 김재홍 시인에게 시작(詩作)이란 슬픔
과 비애, 공포와 전율, 고독과 절규가 한데 어우러진 실존
의 가장 원초적인 음성, 즉 의지의 가장 직접적인 멜로디
인 울음을 언어로 작곡하는 작업일지 모른다. 시인이 개의
마지막 절규를 "화성학"으로, "음악적"으로 인식한 이유도
그의 시작법과 무관하지 않아 보인다.

3. 주름

일반적으로 주름은 피부가 쇠하여 생긴 잔줄을 뜻한다. 그러나 김재홍 시세계에서 주름은 신체 노화의 생리적 현상 그 이상의 상징적 함의를 갖는다. 결론부터 당겨 말하자면, 시인은 주름을 속도가 인간의 삶에 남긴 금으로 인식한다. 그에게 주름은 생의 순간과 순간이 만든 시간의 골에 다름 아니다. 요컨대 주름은 한 실존이 통과한 세월의 지층인 동시에 그가 앞으로 관통해야 할 미래, 비유하자면 "내일이 겹겹이 쟁여지는 순간들"(「소리의 순간」)이 누적된 장소이다. 그러므로 주름은 자아의 총체적 무늬이다. 이런 맥락에서 다음과 같은 시적 상상이 가능할 터이다. '겹겹이 접혀 있던 한 사람의 주름을 펼치면 그 사람의 삶의 내력을 톺아볼 수 있고 미래를 규지(窺知)할 수 있다.' 이러한 생각이 농축된 작품이 「수색, 겹주름」이다. 모두가 주름살 없는 동안을 꿈꾸는 시대지만, 구김살 없는 매끈한 생은 결코 있을 수 없다. 여기 저층형 주거지와 빌라가 밀집한 은평구 수색동 거리에 유모차에 의지해 힘겹게 걸음을 옮기는 한 노파가 있다.

> 겹겹이 쟁여진 육신을 끌고 가는 주름진 시간
> 꼬깃꼬깃 구겨진 위장과 십이지장과 식도를 위하여
> 유모차를 밀고 가는 노파의 접힌 허리를 짓누르는 저녁

구부러진 몸 안에 접힌 몸이 비틀어져 있다
컴컴한 골목을 향해 머리 숙인 그의 아랫배는 지금
잘게 잘린 덩어리를 펼치고 두드리고 끊으면서
구불구불한 길을 따라 부글부글 끓고 있다

몸은 끓는 시간을 따라 한없이 접혀진다
접힌 그에게 펼쳐진 과거는 알 수 없고
수색마트를 빠져 나온 두 여자와 개 한 마리는
주름으로 가득 찬 봉지를 따라 구부러져 간다

구부러진 노파 옆에서 접힌 그를 비켜 지나가는 두 여자
의 주름진 비닐봉지와 구부러진 개 한 마리는 그러므로 전
성설(前成說)에 미래가 없다는 관점을 확신하지 않는다

주름진 세계의 내력을 위하여
주름의 주름을 위하여 전성설은 그러므로
너무 무겁지 않게
너무 가혹하지 않게
수색을 접고 되접고 비틀고 구부리면서 펼쳐진다
                              -「수색, 겹주름」 전문

1연: 시인은 삶의 풍상고초를 상징하는 노파의 주름을

겹겹이 포개져 층층이 쌓인 "주름진 시간"으로 해석한다. 노파의 피부에만 주름이 잡힌 것은 아니다. 노파의 장기도 온통 주름투성이다("꼬깃꼬깃 구겨진 위장과 십이지장과 식도"). 허리가 심하게 꼬부라져 직립보행이 거의 불가능한 상태이다. 노파에게 저녁은 안식의 시간이 아니다. 컴컴한 어둠의 무게는 노파의 허리 통증을 압박한다("노파의 접힌 허리를 짓누르는 저녁").

2연: 이러한 노파의 신체 상태가 2연 첫 번째 시구에 괄약(括約)되어 있다. "구부러진 몸 안에 접힌 몸이 비틀어져 있다". 팽팽하게 뻗은 직선은 어디에도 없다. 휘어지고 구부러진 주름만이 노파의 겉과 속을 지배할 뿐이다. 이제 시인의 눈은 내시경이 되어 노파의 소화기관인 소장의 주름을 투시한다. 위와 대장 사이에 있는, 길이 6미터의 소장 내면의 점막에는 윤상(輪狀)으로 벋어 있는 수많은 주름이 있다. 여기서 시인은, 노파가 섭취한 음식물이 식도와 위를 거쳐 소장("구불구불한 길")을 통과해 소화되는 모습에서 노파에 내재된 생존을 위한 분투를 감지한다. 수축과 연동 운동을 촉진하는 소장의 주름에서 노파의 생의 근기(根氣)를 엿본 것이다.

3연: 시인의 초점은 노파에서 장을 보고 마트를 나서는 두 여인(이들의 반려견)으로 빠르게 이동한다. 여기에서도 시인의 관심은 주름에 있다. 이들이 구입한 생필품을 담은 비닐봉지를 "주름으로 가득 찬 봉지"로 묘사하고 이들이 걸어가는 길 역시 구부러져 있다고 상상한다.

4연: 노파와 두 여인이 교차되는 모습이 극적으로 그려진다. 노파 옆을 무심히 비켜 지나가는 두 여인(개). 노파와 두 여인(개) 사이에는 어떠한 인연도 없다. 시인이 발견한 유일한 공통점은 주름이다. "구부러진 노파"의 육신과 "주름진 비닐봉지"와 "구부러진 개" 사이의 공통점은 주름이다. 그리고 바로 이어 시의 결론을 단도직입적으로 제시한다. "그러므로 전성설(前成說)에 미래가 없다는 관점을 확신하지 않는다". 전성설이란 후성설과 대척점에 선 개체발생학설 중 하나로, 생물의 발생은 미리 형성되어 있는 것이 전개되는 거라는 생물학의 테제이다. 부연하자면 개체발생에서 완성되어야 할 개체 각각의 형태와 구조가 발생 출발 시에 어떤 형태로 미리 존재하고 있다는 결정론에 기반 한 학설이다. 여기서 시인은 전성설이 더 이상 실효성이 없는 무의미한 학설이 아니라고 주장한다. 왜일까? 추측건대 시인의 생각은 이렇게 진화된 것 같다. 노파의 주름에 누적된 삶의 내력은 쉽게 알 수 없다("접힌 그에게 펼쳐진 과거는 알 수 없고"). 그러나 노파의 '주름진' 소화기관이 생을 위해 오늘도 부단히 분투하는 것처럼, '주름진' 봉투에 담긴 음식물 역시 두 여인의 생을 위해 두 여인의 몸속에서 분투할 것이다. 이렇게 보면, 노파의 과거가 두 여인의 오늘이고 두 여인의 미래가 노파의 오늘이 아닐까. 노파와 두 여인은 뫼비우스의 띠처럼 연결되어 있는 것이

아닐까. 노파와 두 여인이 스쳐 지나간 사건은 결코 우연
이 아니라, 일정한 인과 관계의 법칙에 따라 미리 결정된
것이 아닐까. 그러면 인간의 삶이란 접혀 있던 규정성이
전개되고, 주름 잡혀 있던 미래가 펼쳐지는 무대가 아닐
까.

　5연: 전성설에 대한 시인의 이와 같은 사색이 마지막 5
연에 잘 묘사되어 있다. 시인에게 수색이란 공간은 "주름
의 주름", 즉 노파의 '주름'과 두 여인의 비닐봉지의 '주름'
이 서로 심층 횡단하면서 회통(會通)하는 무대이다. 이 시
의 제목이 '수색, 겹주름'인 이유는 여기에 있다.

　주름 이미지와 연관해 이번 시집에서 주목해야 할 또 다
른 수작(秀作)은 「거대한 눈」이다.

　　　한 사람의 영혼이 육신을 떠났다는
　　　소식은 차갑고 날선 눈과 함께 왔다

　　　열차들 자동차들 자전거들
　　　움직이는 굴러가는 달려가는
　　　사람들과 사람들의 사람들이 뒤엉킨
　　　비켜 가는 스쳐 가는 엇갈리는 좌절하는
　　　무수한 술어(述語)들과 함께 왔다

　　　육신이 분해되는 하강의 길 혹은

유기체가 복합체로 전이되는 연속의 길
세계와 세계의 틈으로 스며드는 영혼의 운동
혹은 우연에서 필연으로 상승하는 영원의 길

가슴을 때리는 옭죄는 숨길 가로막는
영혼과 육신의 분리와 슬픔과 절망 앞에서
끝을 알 수 없는 심연의 무수한 구멍들
구겨지고 접히고 되접히고 펼쳐지는 순간들

한 움큼의 뼛가루를 떠올리며
그가 아닌 그는 그녀가 아닌 그녀와
한겨울 축축한 길을 걸었을 것이다

육신을 떠난 한 사람의 영혼은
휘날리는 흩날리는 거대한 눈이 되어 왔다

— 「거대한 눈」 전문

　죽음은 생의 소멸도 무화(無化)도 아니다. 죽음은, 전 생
애 동안 온축된 삶의 매 순간(주름)이 다시 전방위로 펼쳐
지는 사건이다. 죽음은, 축적된 생의 무늬("무수한 쭈글쭈글
한 주름", 「순간을 위하여」)가 "세계와 세계의 틈으로 스며드
는" 사건이다. 화장(火葬)한 지인의 육신은 가뭇없다. 그러
나 그의 영혼 속에 쟁여진 주름은, 구체적으로 말하자면

"구겨지고 접히고 되접히고 펼쳐지는 순간들"은 눈발처럼 자유롭게 허공에 흩날린다. 생의 고단한 주름이 순백의 눈발로 전환되는 기적의 순간을 목도한 순간, 아마도 시인의 눈에서 뜨거운 애도의 눈물이 흘러내렸을 것이다.

김재홍 시인이 추구하는 주름의 미학은 이 시집의 표제작 「주름, 펼치는」에 이르면 그 장엄한 궁극에 도달한다.

주름을 펼쳐 지구를 감싼다
지구 위 가득한 주름을 덮고
지구 속 한없는 주름을 덮고
나를 펼쳐 끝없는 나를 끌어안는다

주름 아래 그늘진 주름 아래 다시
주름을 펴는 힘으로 주름을 덮는
나를 펼치는 힘으로 나를 덮는
꿈을 꾼다

꿈을 믿기 위하여 꿈을 꾸지
꿈을 믿지 않기 위하여 꿈을 꾸지
나를 부정하기 위하여
나를 인정하지

주름이 주름 앞에서 솔직해질 때

주름이 주름을 만나 진실해질 때
참다운 구원은 천상에 있고
참다운 운명은 여기에 있다고

고백하는 나의 주름을 모두 펼쳐
주름 이전의 주름을 덮고
주름 다음의 주름을 덮고
주름 속의 주름 속의 주름을 끌어안는다

—「주름, 펼치는」 전문

　이제 시인은 자신의 주름을 모두 펼쳐 지구를 감싸는 불가능한 꿈을 품는다. 자신의 전 존재를 낱낱이 펼쳐 전 세계를 끌어안고자 하는 시도가 일견 무모해 보이면서도 그 포부가 자못 당당하고 호방하기까지 하다. 이 원대한 꿈을 실현하기 위해 필요한 조건이 있다. 무엇보다도 기성의 나, 관성적인 자아를 부인하고 해체해야 한다. 그래야 미지의 나를 수용하고, 새로운 자아와 독대할 수 있는 길이 열린다. 그래서 시인은 쓴다. "나를 부정하기 위하여/나를 인정하지".

　일찍이 그리스 시인 시모니데스는 이렇게 말했다. "시는 말하는 그림이고 그림은 말없는 시다." 그렇다. 시 속에 그림이 있고 그림 속에 시가 있는 법이다. 그래서일까. 자신의 전 존재를 낱낱이 해체하겠다는 강력한 의지, 자신의

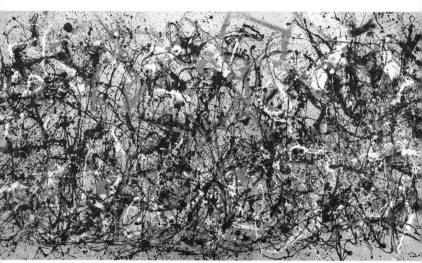

잭슨 폴록,「가을의 리듬: 넘버 30」, 1950

생에 접힌 주름을 모두 펼쳐 보이겠다는 투철한 소망이 관
철된 「주름, 펼치는」을 저작(咀嚼)할수록 추상표현주의 화
가 잭슨 폴록의 「가을의 리듬: 넘버 30」(1950년)이 시나브
로 선명해진다. 거대한 화폭 위에 물감을 흩뿌린 자국이
복잡하게 뒤엉켜 있는 폴록의 액션 페인팅(action painting)
에서 김재홍 시인의 화두인 주름이 보인다. "나의 주름을
모두 펼쳐/주름 이전의 주름을 덮고/주름 다음의 주름을
덮고/주름 속의 주름 속의 주름을 끌어안는다"는 시구가
무엇을 의미하는지를 그림을 통해 느낄 수 있다. 어지럽게
뒤섞인 선들의 난장(亂場)에서, 안으로 접히고 밖으로 펼쳐

지고, 다시 안으로 접히고 다시 밖으로 펼쳐지는 주름들의 무한 반복 운동의 유희에서, 생의 에너지 전부를 캔버스에 흩뿌린 폴록의 뜨거운 열정이 감지된다. 그렇다면 김재홍 시인이 천착하는 주름은 '열정'의 다른 이름이 아닐까. "주름을 펴는 힘으로 주름을 덮는/나를 펼치는 힘으로 나를 덮는" 힘의 실체는 시에 대한 열정이 아닐까. 이 열정을 시혼(詩魂)이라고 바꿔 써도 무방하리라. 보라! 물감이 캔버스에 부딪힐 때 폭발하는 영혼의 불꽃을, 자유롭게 꿈틀대는 무한한 주름들의 열광적인 축제를.

시인수첩 시인선 007

주름, 펼치는

ⓒ 김재홍, 2017

초판 1쇄 인쇄 2017년 8월 17일
초판 1쇄 발행 2017년 8월 31일

지은이 | 김재홍
발행인 | 강봉자 · 김은경

펴낸곳 | (주)문학수첩
주   소 | 경기도 파주시 회동길 192(문발동 513-10) 출판문화단지
전   화 | 031-955-4445(대표번호), 4500(편집부)
팩   스 | 031-955-4455
등   록 | 1991년 11월 27일 제16-482호

홈페이지 | www.moonhak.co.kr
블로그 | blog.naver.com/moonhak91
이메일 | moonhak@moonhak.co.kr

ISBN 978-89-8392-667-8 03810

「이 도서의 국립중앙도서관 출판예정도서목록(CIP)은 서지정보유통지원시스템
홈페이지(http://seoji.nl.go.kr)와 국가자료공동목록시스템(http://www.nl.go.kr/
kolisnet)에서 이용하실 수 있습니다.(CIP제어번호: CIP2017019823)」

* 파본은 구매처에서 바꾸어 드립니다.